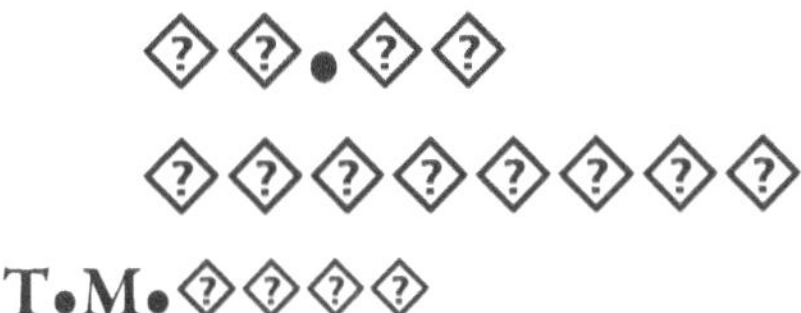

AF429273

© 2011 T. M.

1

2

3

4

5

6

7

8

9

10

11

12

13

14

15

T.M.

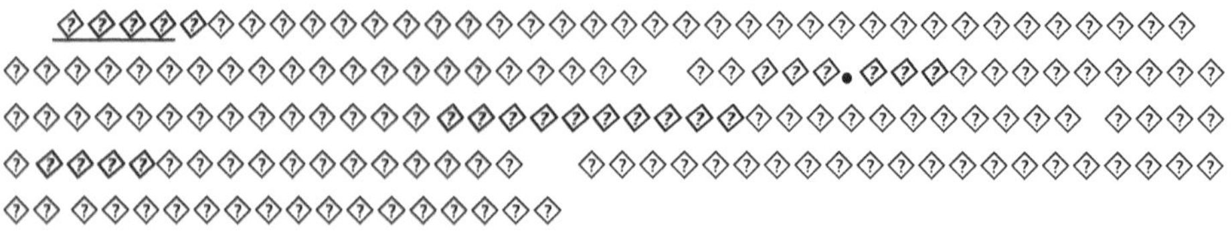

-- *T.M.*

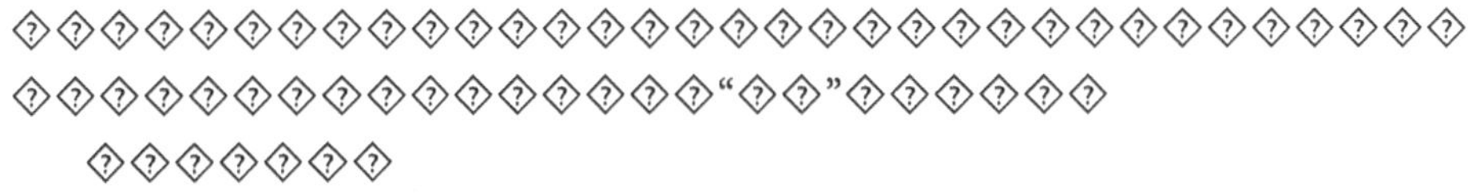

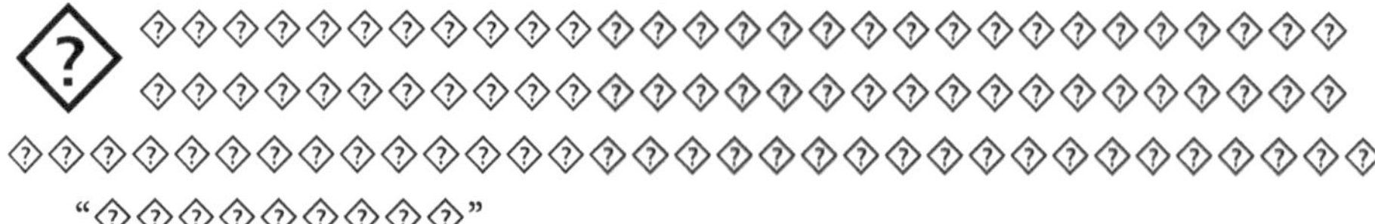

3

❖ 4 ❖

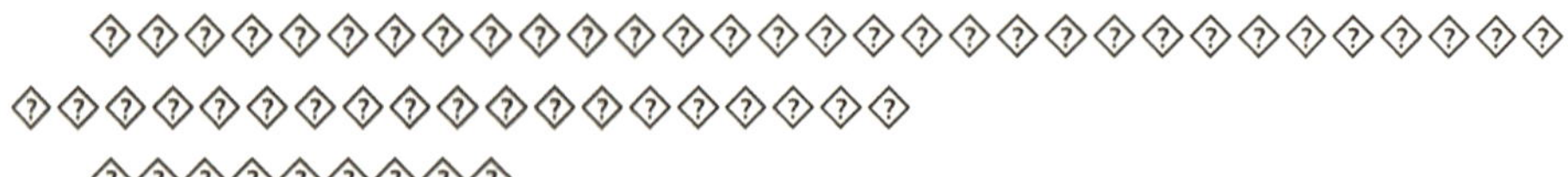

5

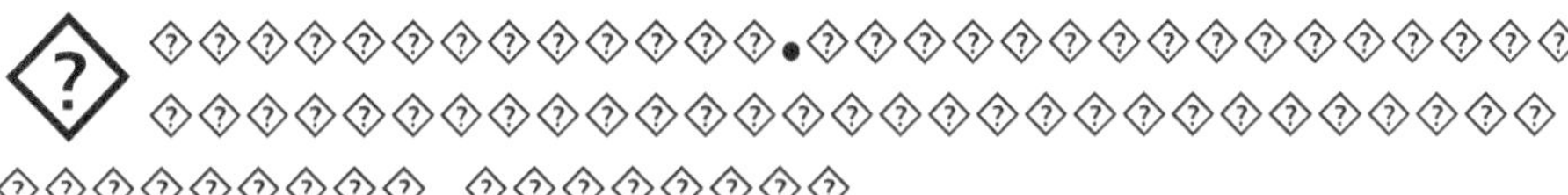

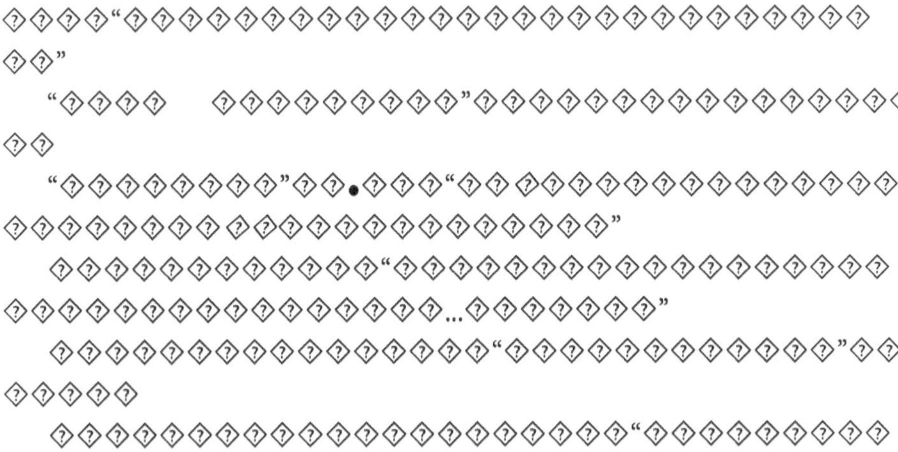

◇ 6 ◇

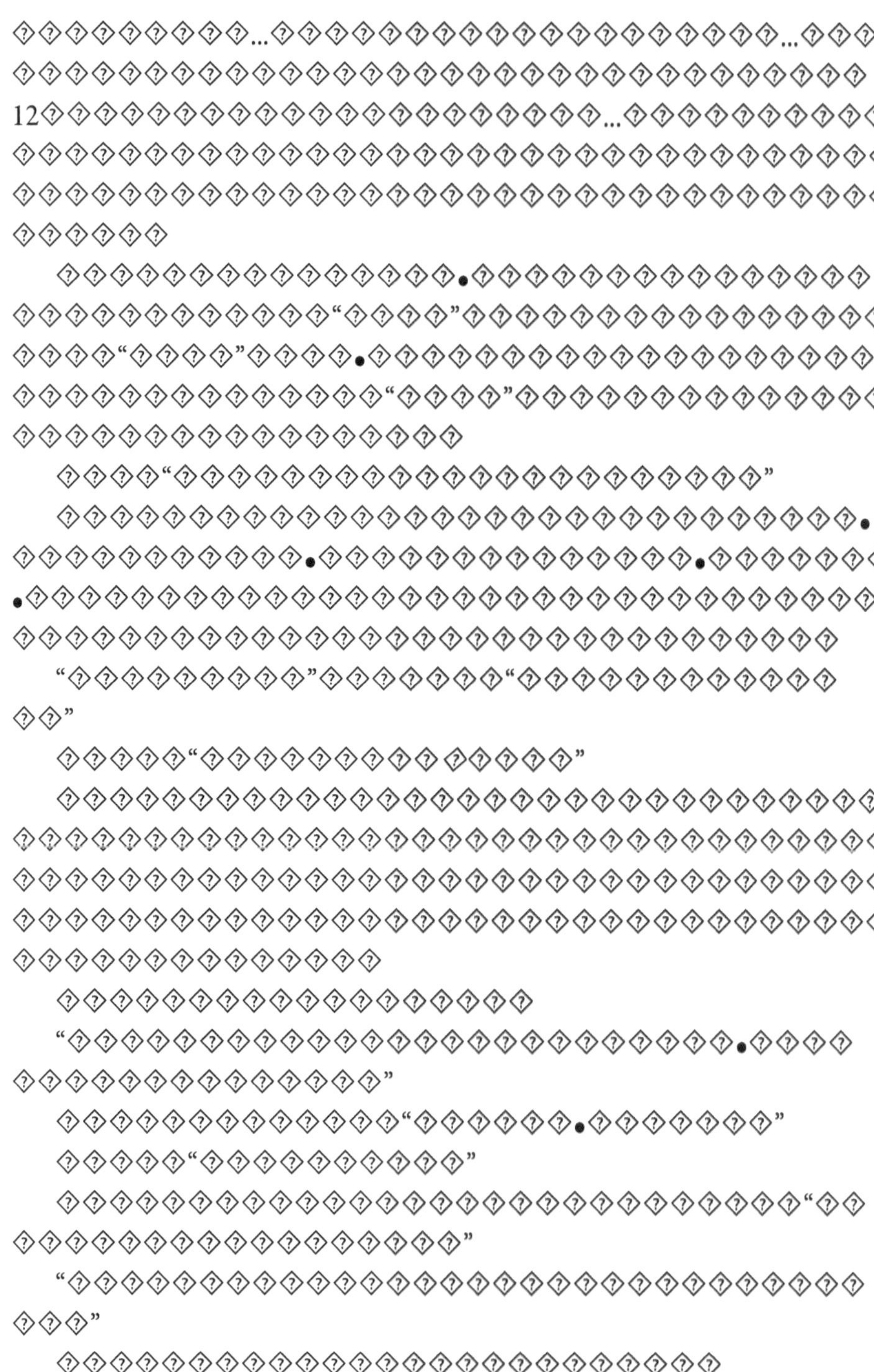

7

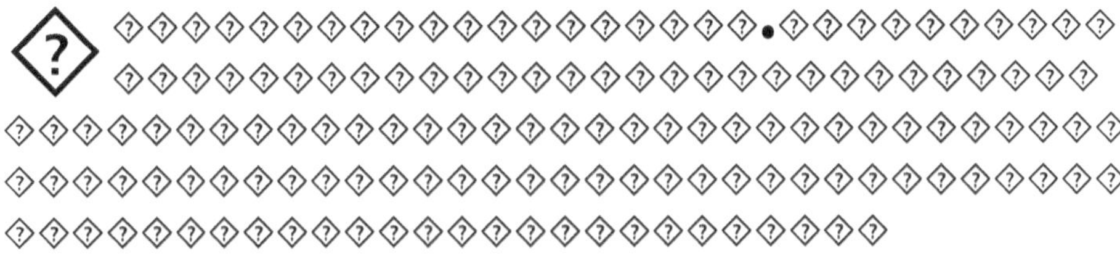

8 c

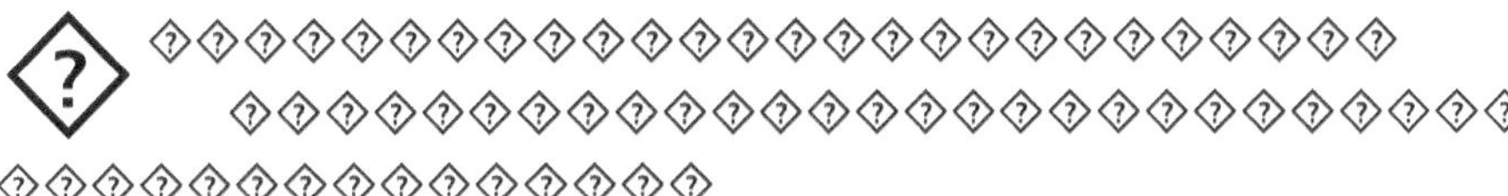

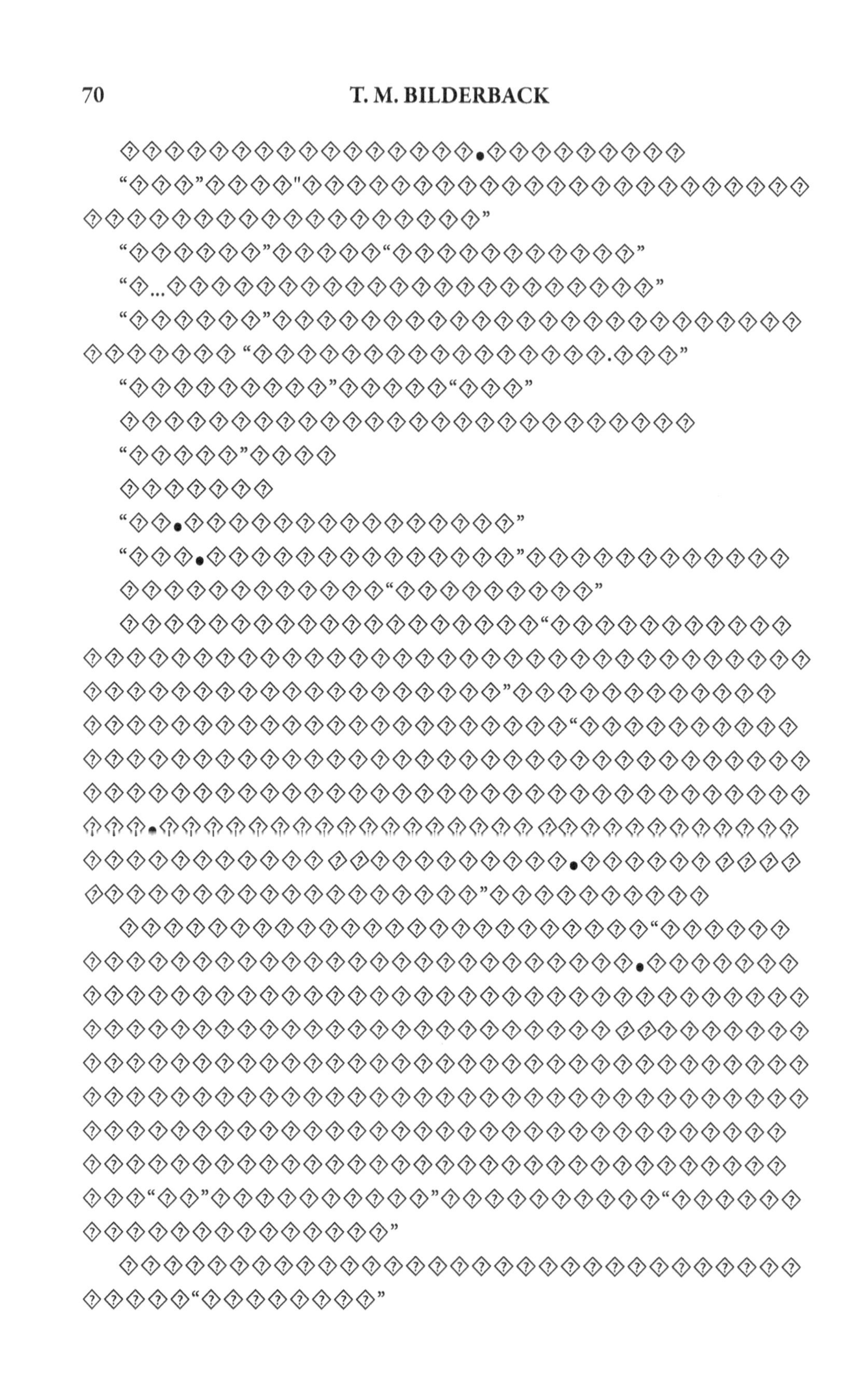

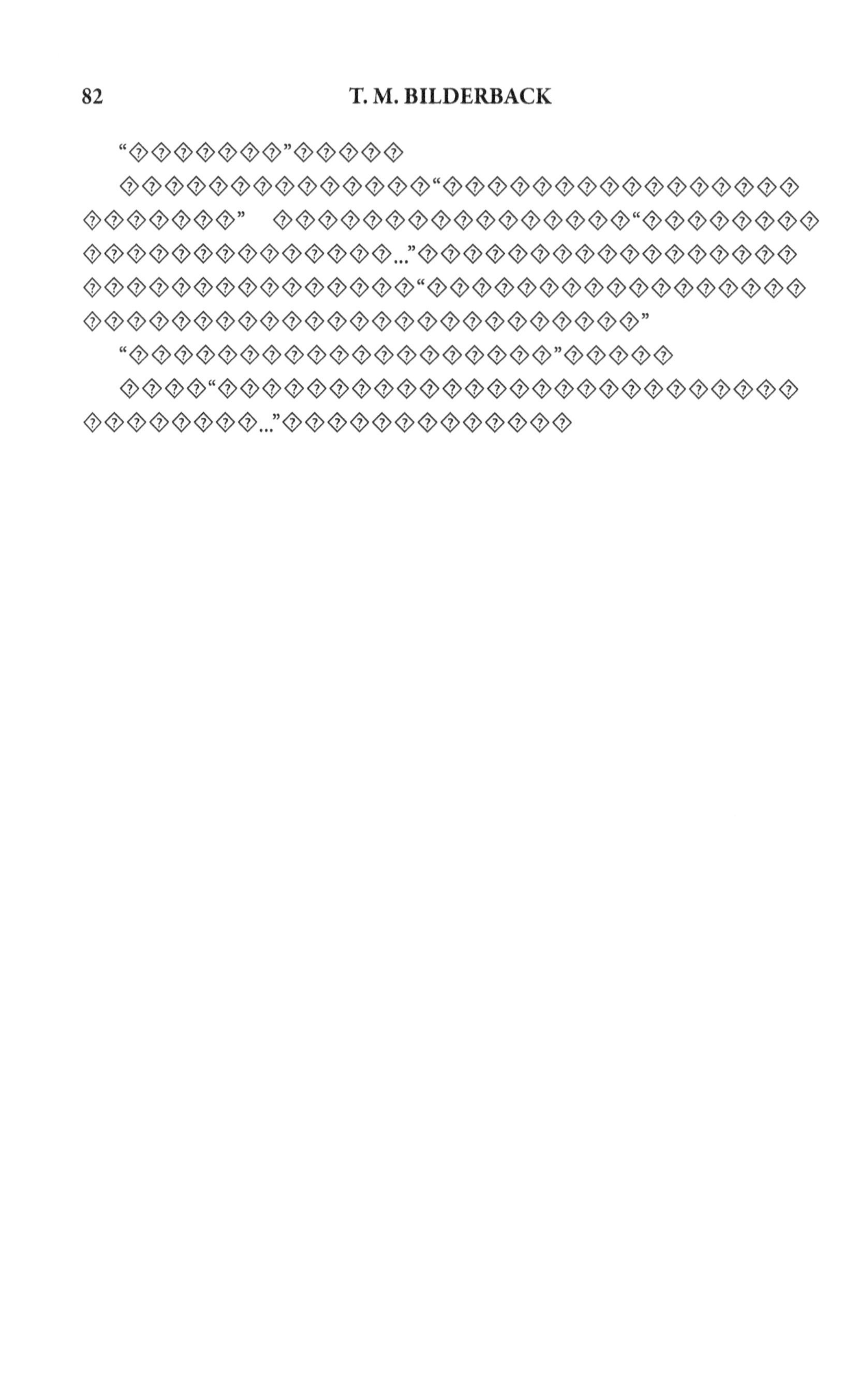

 9

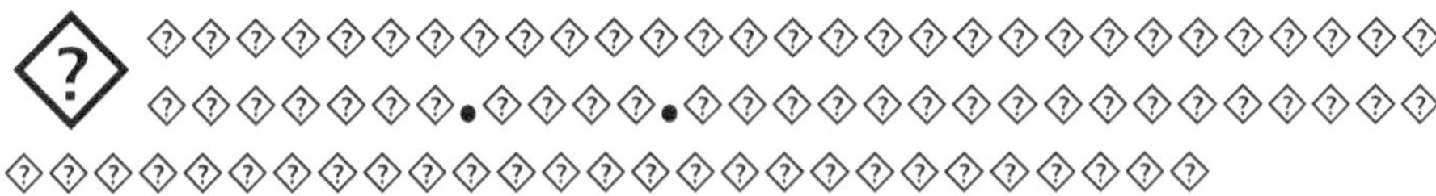

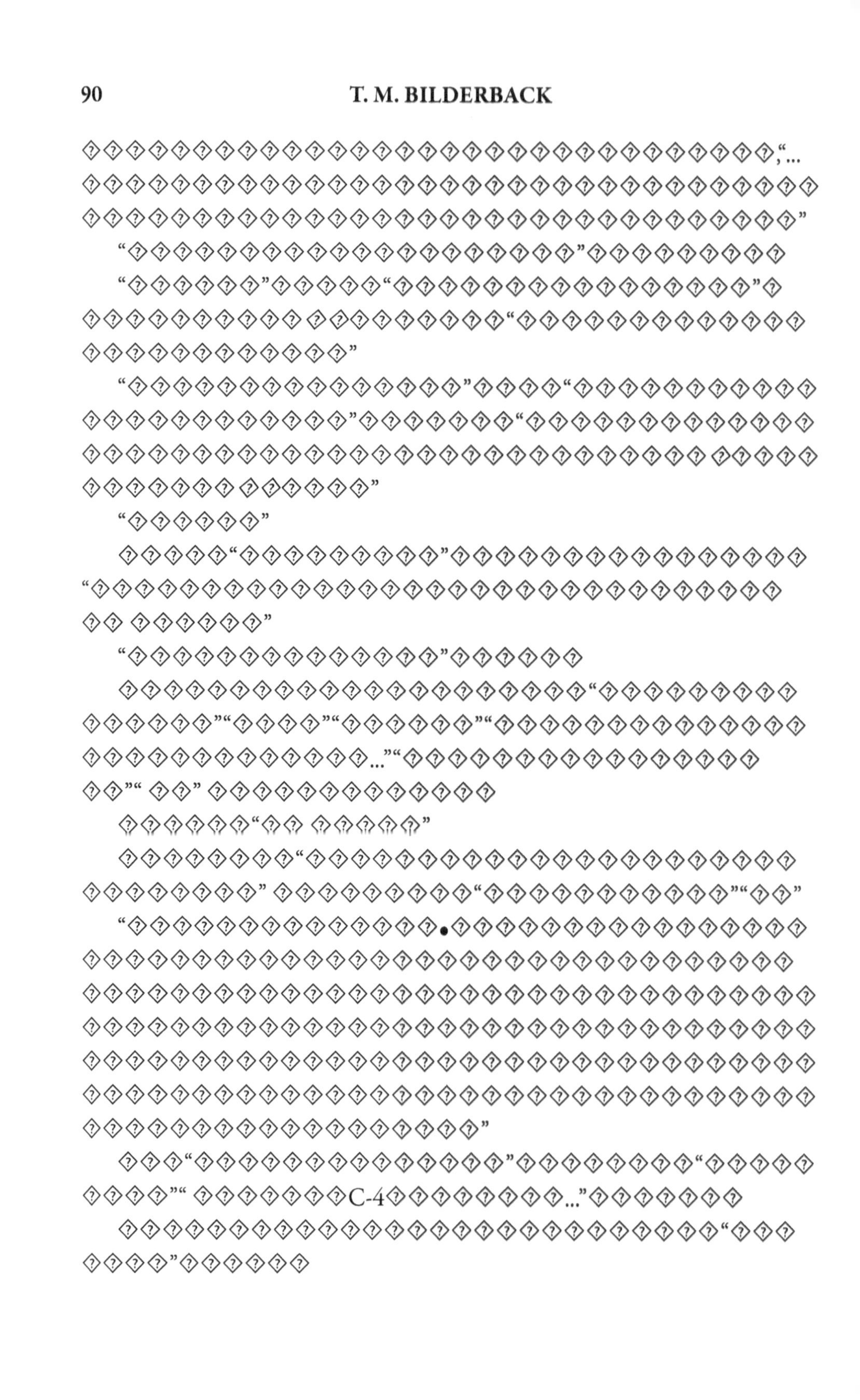

10

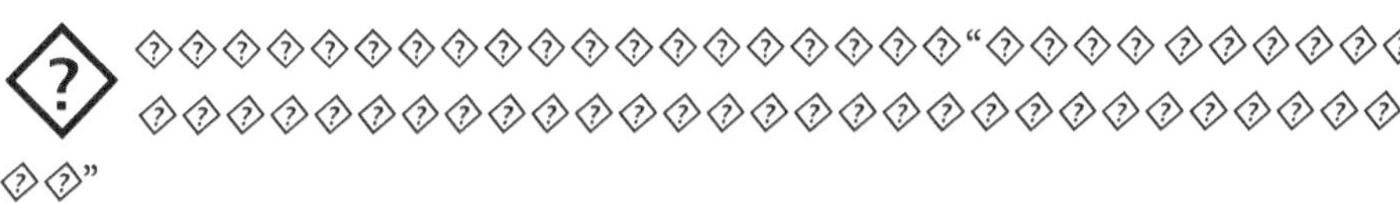

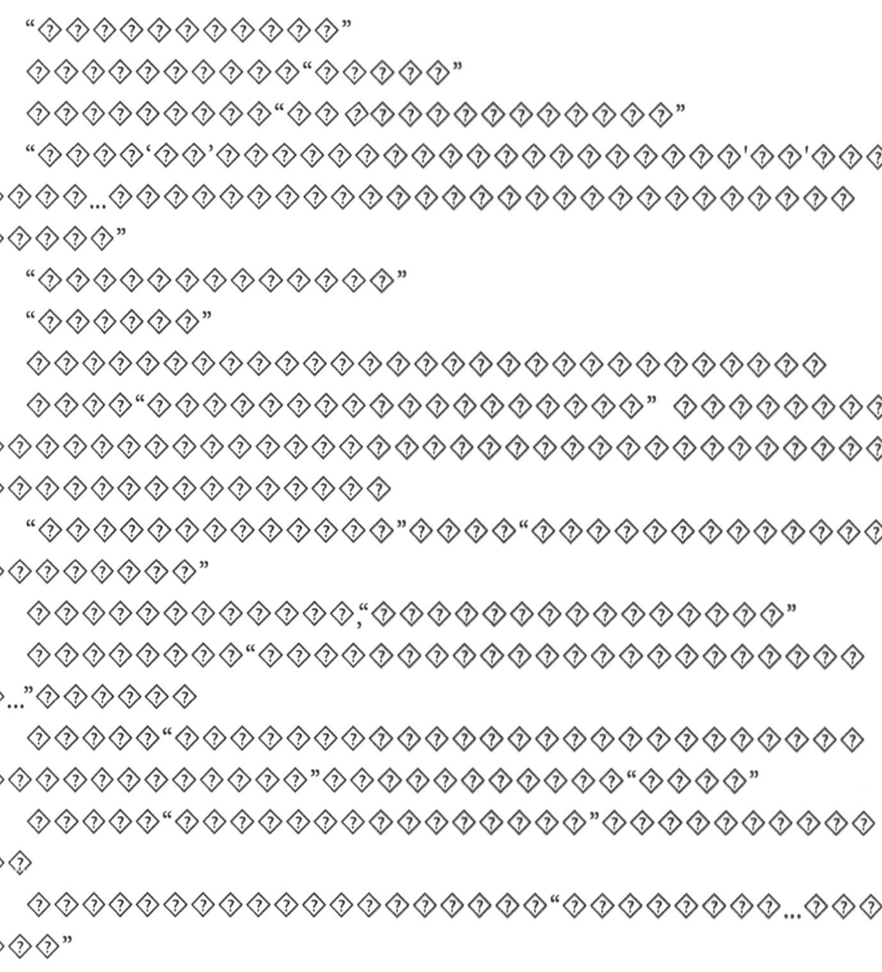

11

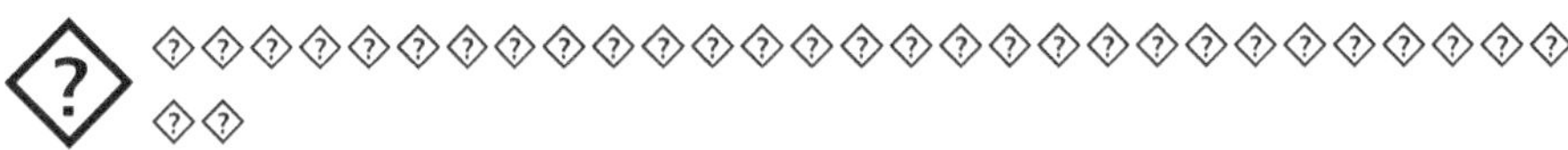

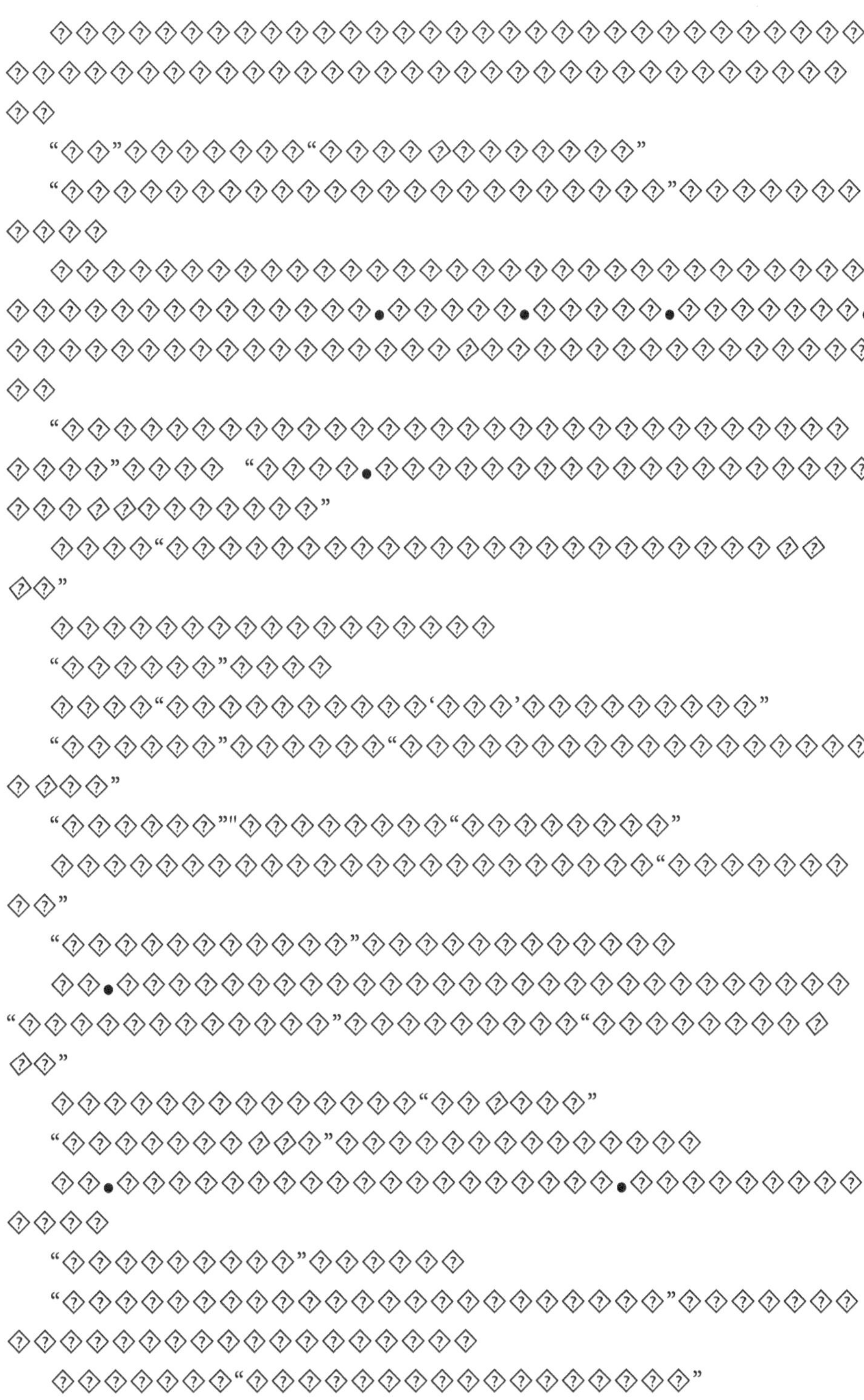

12

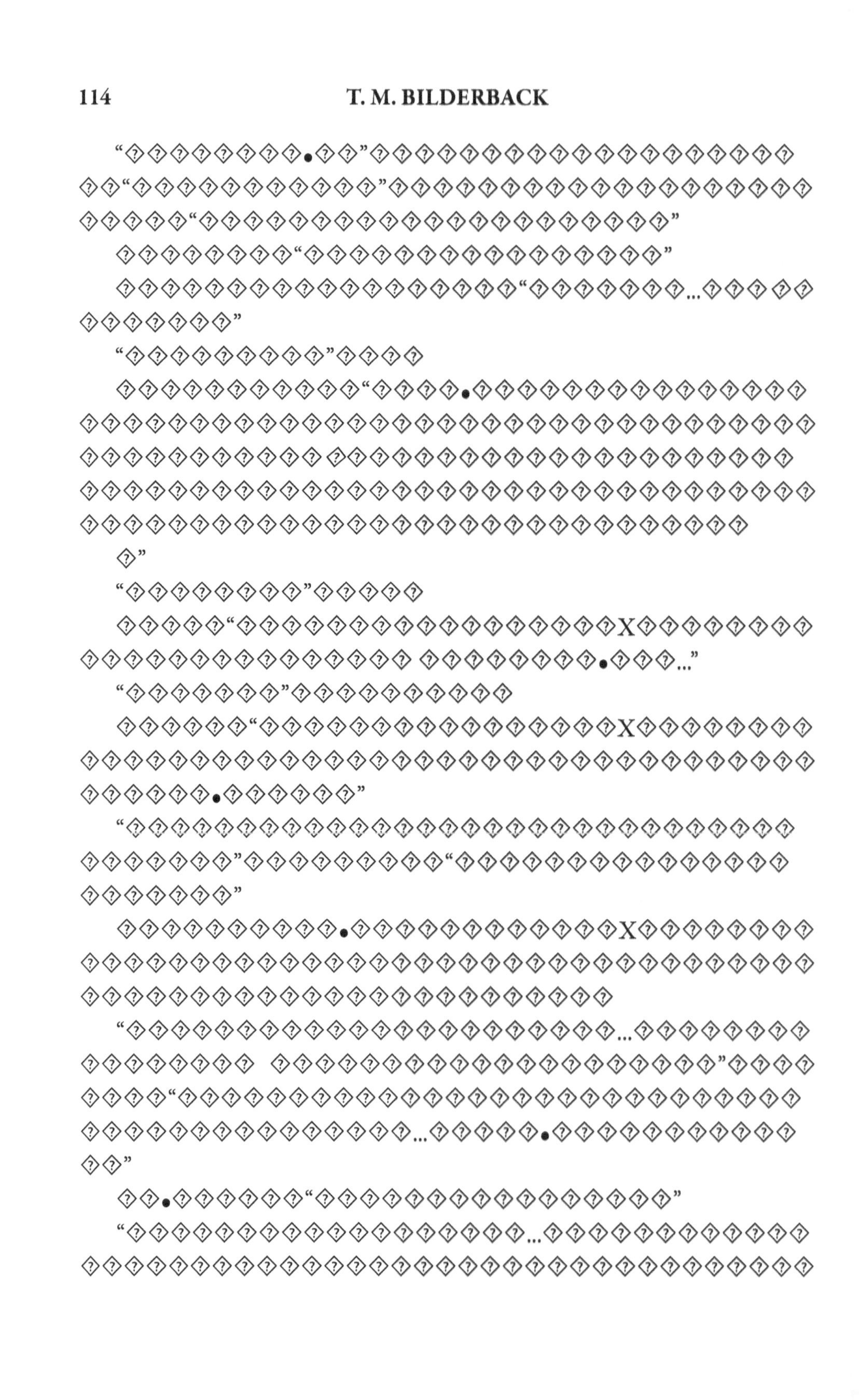

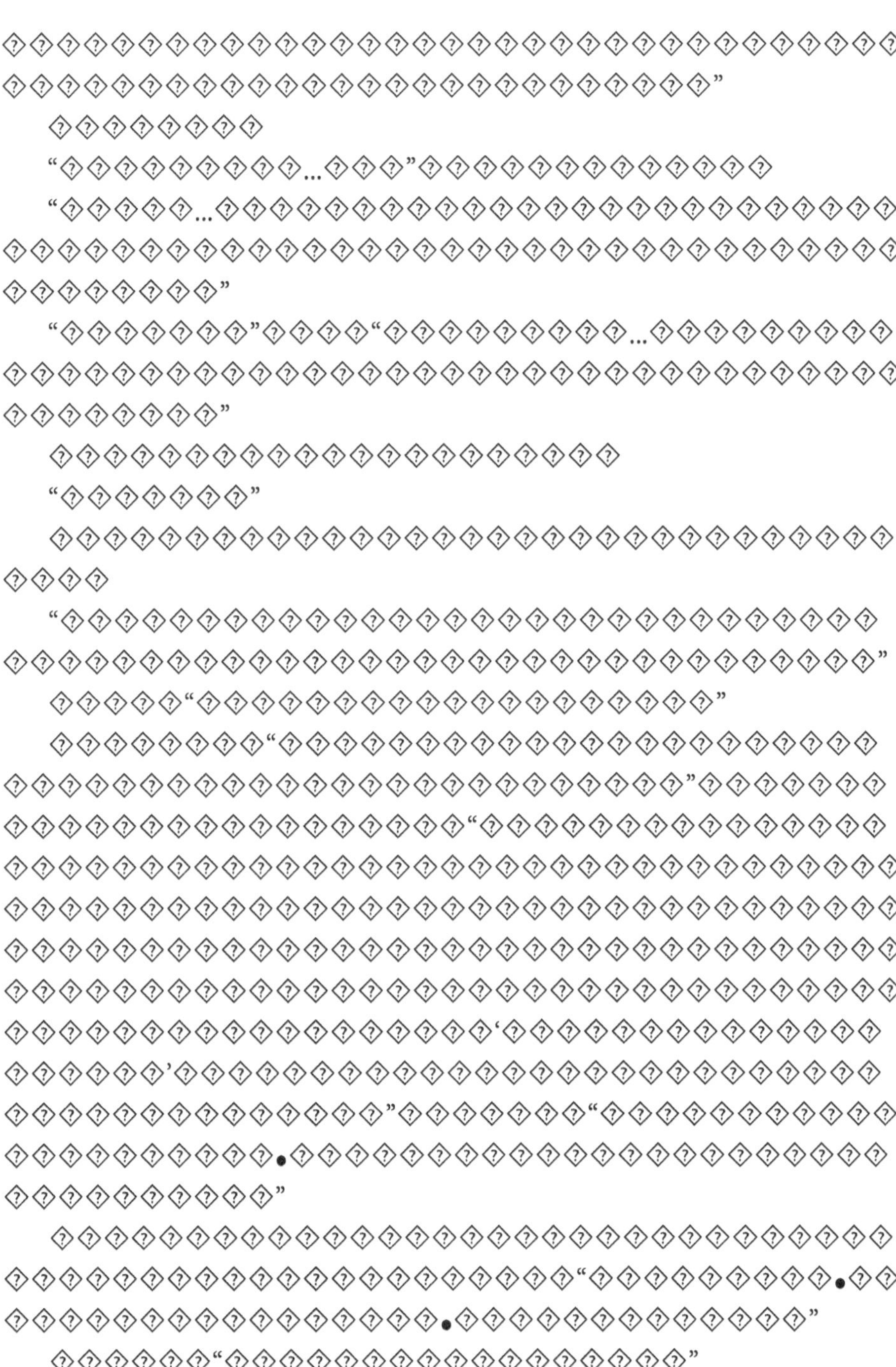

13

80

...

90

50 9

❖14❖

❖15❖

500

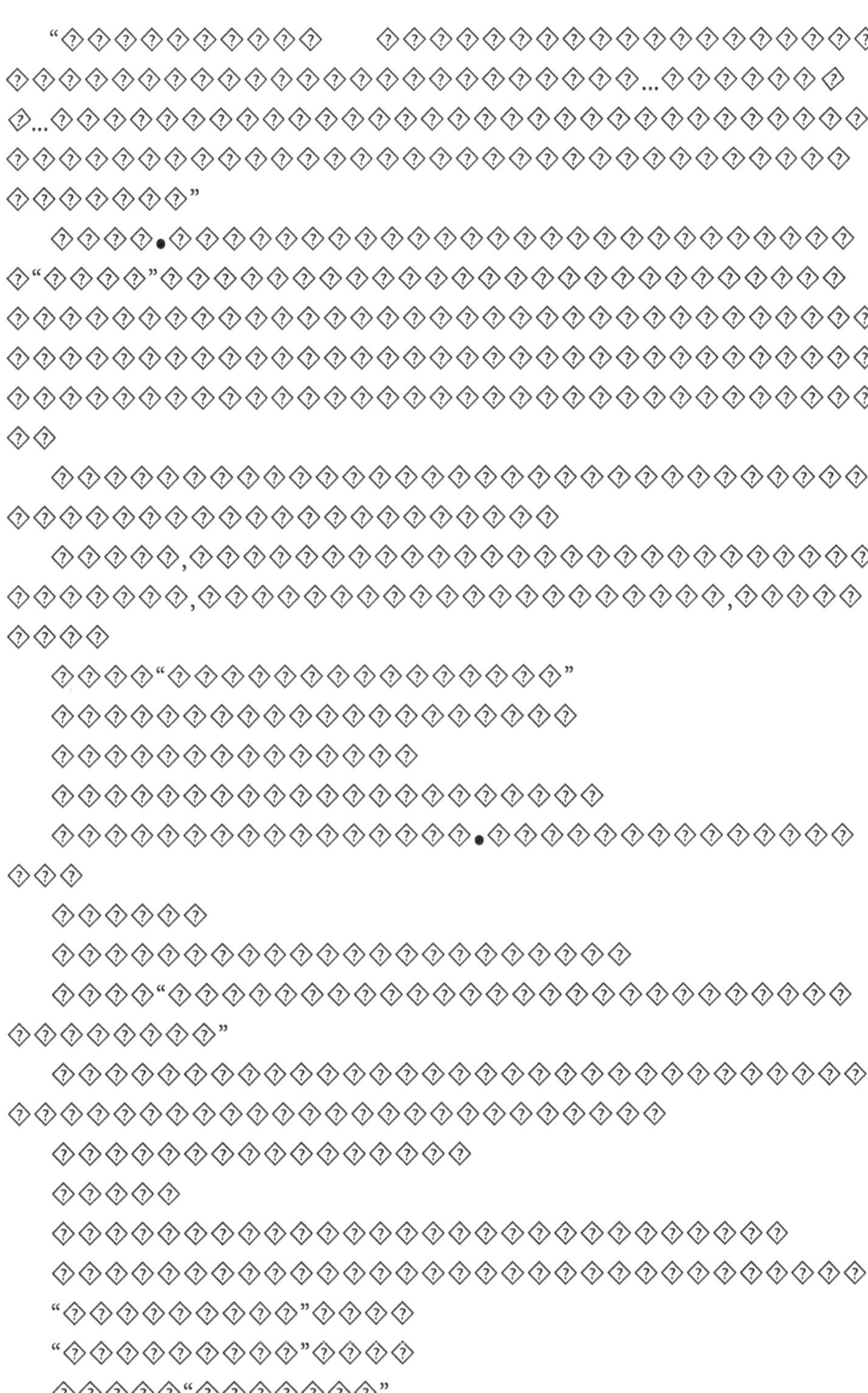

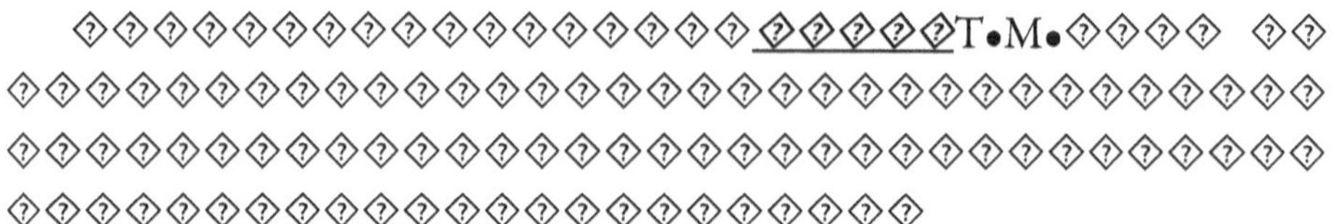

T•M•

www.ingramcontent.com/pod-product-compliance
Lightning Source LLC
Chambersburg PA
CBHW031420150726
47989CB00002B/727